面白がって生きる あさちゃんは63歳

入江 あさ陽

文芸社

まえがき

「あさちゃんはもう娘たちも自立したのだから、家族や周りの人のためだけでなく、これからは自分のために生きていいからね。自分の心に聞いて自分らしく生きて」

整体師の李先生のこの言葉で、私は自分探しの旅をすることになった。

『3年後の還暦を迎える時には、私は自分らしく新たな人生の一歩を踏み出す』と心に決め、50年以上卑下し続けた人生と向き合い始めた。しかし、現実はそんなに容易い人生ではなかった。いろいろな占い鑑定を受けても、前世療法を受けても、過去への扉は簡単には開かなかった。過去への扉の入り口までは歩いていく自分がいるのに、その先は真っ暗で一歩も前に進めないのだ。そんなつらくしんどい時間を6年過ごしていた時、鍵をかけてしまい込まれたインナーチャイルドが突然現れ、涙し癒すことができた私は、本来の自分を取り戻すことができた。

いろいろな方のご縁によって支えられ、自分らしく生きることができるようになった今を楽しく前向きに過ごすことで、若い世代に、晩年期になっても人生を楽しむことができるのだと思ってもらいたい。

そんな晩年期の人生を過ごしていきたいと思っている。

私の人生は決して平坦ではなく、誇れるものは何もないが、それでも自分を信じて自分を大切に生きていけば、必ず未来は開けると孫たち世代に伝えたい。

『為せば成る、為さねば成らぬ何事も、成らぬは人の為さぬなりけり』

一人の普通の主婦だった私が、還暦を過ぎてから自分らしく生きることができたことに感謝します。

そして、この書物が今まで家族のために過ごしてこられた同世代の方々や若い方々のささやかな道しるべになれば幸いです。

最後に、この本を手に取りご縁を結んでくださった多くの方々に、心からの感謝を捧げたいと思います。

ありがとうございます。

入江　あさ陽

目次

世界も私も激動の2020年

２０２０年9月1日、私は63歳の誕生日を迎えた。

いつもと変わりない早朝、いつもと変わりなく目が覚めた。

ベッドに横たわったまま目を閉じる。還暦の時に行ったニュージーランドにあるミルフォード・サウンドの大自然を前に、風を感じながら山々を眺めている女の子の姿が浮かぶ。数年前から時々脳裏に浮かぶこの光景を見ていた。心が落ち着かない時でも、いつしか穏やかな気持ちに変えてくれた光景だ。

心地良い朝を迎え、今までの誕生日とは何かが違う、これから始まる新たな人生の幕開けを感じた。

２０２０年に入ると世界中で新型コロナウイルスが流行し、日本もその渦の中に巻き込まれた。３月には学校も長期休みとなり、世の中は外出自粛ムードになっていった。外に出掛けることが大好きな私は、旅行は勿論のことサークルなどの活動もだんだんなくなり、家で過ごす時間が多くなった。

そのおかげかどうかは分からないが、６年前から自分の過去に向き合い始め自分探しの旅をしていた私にとっては、ゆっくり腰を据えて自分を見つめ直す時間ができた。

否応無しに封じ込めていた過去がだんだん浮き彫りにされ、もうやめようと思う心と葛藤しながら向き合っていくと、誰にも言えなかった記憶が蘇り、62年の人生で一番つらかった子供の時のことと向き合い、つらい時間を過ごして泣き、全ての思いを受け入れた。そうしてようやく私のインナーチャイルドを癒すことができた。


２０２０年5月、人生にはちゃんと意味があって流れていると実感した時、今までの人生を卑下して過ごしてきた過去の自分に対し、申し訳なさと恥ずかしさでいっぱいになった。いろいろな思いが交錯する中、自叙伝を書き上げた。

与えられたこの人生をよく生き抜いてきた、今までよく頑張ってくれたとの思いが募り、自分自身が愛おしく日々自画自賛している。

人生の転機が訪れる

心がここに至るまでには、私を支えてくれたとても多くの人との出会いがあった。6年前、私は整体師の李先生とのご縁をいただいたことで、自分を見つめ直すという人生の転機をもらった。50歳を過ぎた頃から体調がすぐれない日が続いていた私を、長女が友達から聞いたと言って、

「とても不思議な心の中がわかっちゃうような面白い整体の先生がいるらしいから、一緒に行ってみない」

と誘ってくれた。私は封印してきた過去を知られるのが怖くて迷ったが、体調が良くなるならと思い、長女と一緒に整体を受けに行った。これが李先生とのご縁の始まりだった。

月に一度、李先生の整体を受け続けて半年が過ぎた頃、

「あさちゃんはもう娘たちも自立したのだから、家族や周りの人のためだけではなく、こ

れからは自分のために生きていいからね。自分の心に聞いて自分らしく生きて」と言ってくれた。素直に嬉しかった。ただ、その時は「自分に聞いて」と言われても何をどうしていいのか全く分からなかった。私は本当の自分を見つけたくて、自分探しの旅を始めることになった。

まず、誰にも知られたくなくて封印していた過去を曝け出すところから始めた。鍵をかけてしまい込んでいた過去を出すのはとてもつらかったが、学生時代からの友達に私の人生を少しずつカミングアウトしていった。

言葉の暴力に晒されて

明治生まれの父48歳、大正生まれの母36歳の長女として生まれた私は、8歳年上の異母兄、4歳下の妹、私が1歳の時から10年間寝たきりになった祖母、そして父の養子として育った17歳年上の義兄という複雑な家庭で育った。

17歳年上の義兄は、赤ちゃんの私をいつも風呂に入れて可愛がってくれたと聞いているが、高校を卒業すると家を出て就職したので、私の記憶に残っているのはたまに来てお小遣いをくれる義兄ちゃんだった。ただ母は義兄が来ると嬉しそうだったのは覚えている。

日本全体がそんなに裕福な時代ではなかったが、とりわけ我が家は貧しかった。

私が赤ちゃんの時、母乳の出ない母は粉ミルク缶を思うように買えず、ミルクが減るのを抑えるため米粉をミルクに混ぜて私の腹持ちをよくしたと母から聞いた。栄養がいき届いていなかったのか、私は体が弱く1歳で百日咳にかかり、生死をさ迷ったという。

物心ついた頃から母は祖母を介護しながら、生活のために商売をしていた。妹が生まれた頃、私はまだ4歳で母にとっては最も大変な時期だったと思う。私もその頃から母とのつらい記憶がいっぱいある。

母は疲れていたのだろう。毎日イライラしていた。そしてストレスの矛先は実子である長女の私に全て向けられた。私のちょっとした口の利き方や、何か失敗をするたびに母の感情は爆発した。

「お前は馬鹿だ」

「こんなことも分からんのか」

「情けない」

そして最後は決まって、

「嫌ならこの家から出て行け」

こんな言葉を幼稚園の頃からずっと言われ続けて、私は育った。はっきり言って、いい思い出を探す方が難しい。母はいつも私を頭ごなしに叱りつけていた。

小学1年生の夏休み日誌の中に、楽しい思い出を誰かに手紙にしましょうとあった。書いている文中に『私は何をしているでしょう』というおかしな一文を書いていた日誌を目にした兄は、嫌がる私から日誌を取り上げ、「あいつ、本当に馬鹿だ」と母に言いつけ、「こんなことも書けんのか。お前は馬鹿か」と母は言った。

母は兄と一緒に現れ、罵倒だけすると離れて行った。毎日がそんな日々の繰り返しだったが、なぜかその出来事だけは今も忘れられない。

平気で人を傷つける言葉を放つ母だったが、何かあるたび、「為せば成る、為さねば成らぬ何事も、成らぬは人の為さぬなりけり」と口癖のように言っていたことも覚えている。

母は自分の置かれたつらい日々、その言葉を座右の銘として自らに言い聞かせていたのだろうか。

60歳を過ぎ、母であり祖母となった現在の私、今なら母の気持ちが分かるような気がする。

だが、逃げ出すこともできない子供時代、母から受ける言葉の暴力はつらいものでしかなかった。

毎日のように罵倒される私を見ていた兄や妹までが面白がって、母の真似をして私をからかい、揚げ足を取るようになった。それも本当に理不尽で悲しかった。大人になってこの話を友達にした時、

「まるで学校のいじめと同じだね」

と言われた。そうかもしれない……と妙に納得してしまった。


3月3日のひな祭りが近づくと、友達の家には立派な御殿付きのひな壇があり、その横には七段飾りの雛人形が並んで飾ってあった。そのお雛様を見ると私はすごく悲しくなった。私と妹には七段飾りの雛人形の代わりに、ひな祭りになるとケース入りの人形が一つずつ小さなテーブルの上に並んだ。私は緋もうせんの代わりに風呂敷を敷いて、折り紙で作った物を並べたり、小さな人形を並べたりして飾っていた。小学1、2年の時、どうしても友達の家のお雛様が羨ましくて、

「おじいちゃんはお雛様を買ってくれなかったの」

と一度だけ聞いたことがあった。母はぶっきらぼうに、

「おじいちゃんはお雛様を買うようにお金をくれた。でもその金で米を買ったから、今はお雛様を買う金はない」

と言った。悲しい私の心に寄り添ってくれるどころか、怒りが溢れてしょうがないという顔をして、母は答えた。

その頃からだろうか……私は母に少しでも怒られないようにするため、人の顔色を見て過ごすようになった。それ以降私は両親に何か買ってほしいと望んだ記憶がない。


小学4年の時、膵臓の病気で入院したことがある。毎日家で罵倒されるより遥かに居心地がいいと感じる入院生活だった。

最近になって膵臓はストレスをため込む臓器だと分かった。10歳にして既にストレスがいっぱいで体が耐え切れなかったのかもしれない。

なぜ私だけ

小学校の高学年になると、母の手伝いに店番をすることも多くなった。

父は妹を連れて仕入れに出掛けた。いつも妹は何かを買ってもらって帰ってきた。時にはオルゴールやリカちゃん人形など、当時としても高価な物を買ってもらっていた。すごく羨ましくて少しだけ触りたくて手に取ると、

「私のだから触らんで」

と妹はすぐ取り上げ、私に見せびらかしながら遊んだ。

父と母はそれを見ても「一緒に仲良く遊べ」とも「貸してやれ」とも何も言ってくれなかった。

思春期に差し掛かっていたこともあり、「何で自分は生まれてきたのだろう」と思い悩んだ。苦しみから自死を考え、剃刀を手にしたこともあった。

自分はダメ人間だと自己評価し、何に対しても気力がないまま過ごしていた小学生時代の私。

そんな私が中学校で卓球に出合い、初めて水を得た魚のように卓球にのめり込んでいった。家族から離れる時間が増えると、だんだん心は穏やかになっていった。友達や担任の先生にも恵まれて、小学校までの暗いイメージはなくなっていった。

3年生の夏休みに入ると部活も終わり、秋になると周りが高校進学ムードになっていた。ある日家に帰ると母が、

「伊勢神宮が巫女さんを募集しているみたいだから、高校進学をやめて行けばいい」

と突然言った。

そんなに勉強ができたわけでもないし、したいと思ったわけでもなかったが、年の離れた兄たちも高校は卒業をしていたし、友達も高校に進学するのは当たり前の時代での母の言葉は、受け入れ難くつらかった。

翌日、私は担任の先生に話し、先生は母を説得してくれた。

その一方で、初めて自分の気持ちを父に話した。貧しさ故、父と母は毎日喧嘩が絶えず、

母は父の悪口を事あるごとに私に吹き込んでいた。私は母の言葉を信じてしまい父を避けて、会話らしい会話はそれまでしたことがなかった。

どうしても高校だけは行きたい。

その思いは強く、初めて父と向き合って話をした。寡黙な父は私の話を黙って聞き、「がんばれ」とだけ言った。忘れられない数少ない父との思い出である。

父のおかげで高校に進学することができた。


高校は自転車通学だった。

小学4年の時に買ってもらった自転車を高校卒業まで9年間乗った。

古い自転車はよくパンクをしたので、パンクをした時でも遅刻しないように家を早く出た。いつもクラスで3、4番目の早い登校だった。欲しいものは自分でアルバイトをして買えという暗黙の了解みたいなものがあって、小遣いは兄ももらっていなかったと思うが、私ももらったことはなかった。

昼ご飯にパンを買うと小遣いが減るので、毎日自分でお弁当を作り持って行った。

中学時代から母に、

「自分のことは自分でしろ、厳しくするのはお前のためだ」と言われ、弁当作りも洗濯も自分のことはしていたので困ることはなかったが、友達のお母さんと比べて、「私の母は普通の親ではない」とたびたび感じた。

高校の授業の中に『宗教』の時間があった。親の愛情を感じていなかった私は、仏教の教えによって人の心を学んだ。初めて受けた授業では、施しの話を聞いた。

「たらいに水を張り、欲を出して自分に水をかき集めれば、水は縁を通って逃げていく。施しの気持ちを持って相手に水を与えてあげれば、縁を通って水は自分に戻って来る。世の中はちゃんと回っている。施しの心を忘れないでいなさい」

今までに聞いたことのない言葉が、心に響きわたり、世の中は素敵だと初めて思えた。

学生時代の中で高校3年間は一番楽しく充実していた最高の時だった。とは言っても、友達と比べて生活レベルの差は感じていたけど……。

年に数回、街に遊びに行くのが嬉しくて出掛けたが、着古した私服しかない私は検定試験を受けた後、そのまま制服で行ける日ばかりを選んで出掛けていた。そんな私に快く付き合ってくれた友達には、今も感謝しかない。

中学、高校と大人に近づくにつれ、幼少期のようなつらい思いは自分の中で回避できるようになっていったが、母の呪縛からは逃れられなかった。

兄の結婚

兄が結婚した。

兄夫婦も一緒に同居することになり、私はお義姉さんができたことが、純粋に嬉しかった。そしてよそから一人お義姉さんが家族に加わったことで、私に転機が訪れた。あの居心地の悪かった家の中が少しずつ変わり始めた。あの母でもお義姉さんの手前、少しは理性が働いたのだろうか。母は今までのように私を罵倒してストレス解消をすることはなくなった。しかし、私に向けられていた母の攻撃の矛先は父になり、陰でさらに父の悪口を言い始めた。兄も変わった。兄は幼い頃に実母を病死で失い甘えることができず、後に妹たちができたが母がいる私たちが羨ましかったに違いない。初めて自分を愛してくれる義姉と出会ったことで兄の心に変化が生まれ、周りにも優しくなっていったのだろう。お義姉さんが一緒に住んでくれたことで、家の中が以前より良くなった。そんな中、父からの愛を感じられない母は、日々の生活が満たされないのは、全て父のせいだと思い込んでいたに違いない。負けん気の強い母は、時には、すぐにバレるような嘘をつき、歪んだ心で父の悪口を言うことで、自分を常に正当化していた。やはり、どう見ても母だけは依然として変わらなかった。

母の支配

高校卒業。

社会人になる時も私服などは1枚も親に買ってもらえず、アルバイトやお年玉などで貯めたお金で買えるだけの服を買って、社会人になるための支度をした。

初任給を手にした時は、

「これで誰にも指図されずに何でも買える」

と喜んだのも束の間、姪に買うお菓子でさえ、

「もったいない」

と母は口を出してきた。

なぜここまで口を出すのかと思いながらも、自分で収入を得るようになった私は、学生時代に比べれば遥かに気持ちが楽になった。

お金があって自由に使えるというだけで、喜びと幸せを感じていたのだ。


19歳の時、盲腸の手術を職場近くのある病院で受けた。

手術日程を一人で決め、母は手術当日一晩付き添ってくれた後は家に帰った。

10日間の入院中、友達や職場の同僚が毎日のように見舞いに来てくれていたので寂しくはなかったが、家族とは一度も会わずに退院した。

退院の日は自分で入院費を支払い、一人で荷物をまとめてタクシーに乗り帰宅した。

その話を聞いた友達は、

「あさちゃんが可哀想」

と言ってくれたが、私の中では当たり前。家族に頼むより一人で行動する方がずっと気楽だったのだと思う。


20歳になり、周りが成人式の準備を始めていることを友達から聞いた。

成人式のことに触れてこない母に、

「成人式には振袖が着たい。貸衣装のお金は貯金しているから大丈夫」

と私は言った。

子供の頃から貧しさ故に友達と同じような行動ができず我慢することが多かった。ようやく自分の力でみんなと同じように成人式に振袖を着ることができて、同じ場所に立てるという喜びのイメージを描いていた。

当然、母も私が振袖を準備することを喜んでくれると思っていた。

しかし、母から出た言葉は、

「1日で10万円もかかる振袖を借りるつもりか」

「お金を溝に捨てるのと同じだ」

「親の言うことが聞けないならこの家から出て行け」

最後の言葉は、私が幼い頃から聞き、傷つけられてきた言葉そのままだった。

友達は親が振袖を作ってくれたり、貸衣装を借りてくれたりして成人の日を祝ってもらっていた。私は、自分で働いて得たお金で成人式の振袖を自由に着ることさえ許されないことが悔しくて泣いた。

成人式当日は自分で用意した袖の短い付け下げを着て式に出席した。
友達の殆どが華やかな振袖姿だった。
改めて子供時代の悲しい思いが蘇り、式が済むと足早に会場を立ち去った。

父との大切な時間

私が盲腸の手術をして2ヶ月後、父が胃癌の手術を市民病院で受けた。余命3ヶ月を告げられる。私は仕事が忙しい月末を除いて、毎日のように仕事が終わると病院に行き、1時間くらい母に代わって父のベッドの横に座っていた。小さい頃から母の一方的な悪口を聞き育ったためか、寡黙な父が怖くてあまり近づくことができなかった私は、この入院中の時間が父と一番長く過ごした時間になった。父は入院中、毎日私が病室に来るのを待っていたらしい。

「おお、来たか」

「うん」

ただそれだけの会話、そしてちょっとだけ世間話をして帰る。時には父が欲しいと言う物を買って届けると、父はいつも嬉しそうな顔をして喜んだ。父が一番喜んだのは杖だったが、それが父への最後のプレゼントになった。

成人式が終わった1週間後、成人式で撮ったスナップ写真が出来上がり、退院していた父は写真をじっと見ていた。その時も寡黙な父は何も言わなかったが、その2日後に父は亡くなった。

母への反旗

成人式の件で、ついに母に対する堪忍袋の緒が切れたのだろう。それ以降、私は母を「反面教師」と思うことにした。

私には厳しくお金の使い道まで制限する母だが、時々妹や母に私がプレゼントすることは一度ももったいないとか、無駄遣いするなと言ったことはない。不思議だった。

それどころか妹が高校生の時には、

「通学で寒いって言うから妹にコートを買ってやって」

と言ってきた。私はコート無しで古い自転車に乗り、高校時代を過ごしていたのにと思いながらも反論しきれず、母に押し切られて妹のコートを買った。

妹が修学旅行に行く際にも、母の折りたたみ傘は柄が古いから私の傘と交換してやってほしいと言われ、強引に交換させられた。だが、妹は傘を入れる傘袋を旅行先で落としてきた。文句を言う私に対して母は謝るどころか「傘の袋はなくても傘としては使える」という屁理屈をつけて袋なしの傘を私に戻した。

妹が直接私に頼んできたことは殆どなく、このようにいつも母があり得ない要求を私に言い、妹を常に庇っていた。矛盾だらけである。


小さい頃から私と妹が両親から受ける愛情、特に母の態度には格差を感じてきた。母の育て方は、私にはとても酷だった。

以前、

「兄だから私にやってくれるのは当たり前だ」

と母が時々言っていたと叔母から聞いた。子供の頃、あれだけ私に情けないという言葉を投げていた母が、こんな言葉を叔母たちに言っていたのかと思うと、こっちの方が情けなくなった。

当たり前なんてどこにもない、そこにあるのは、してくれる人に対して感謝するだけなのに……。

祖母としての母

家族との関係でつらい体験をしていた私は、一日も早く自分が育った家から出たかった。結婚資金を貯めて24歳の時につらかった過去を封印して結婚した。そんな私は普通に育った人以上に、幸せな家庭生活を描いての結婚だったと思う。新しく人生をやり直したかったのだ。

結婚した頃は、嫁は嫁という立場に立たされ、姑が強いという風潮が残る時代だった。結婚後の私は、今度は我儘な姑のいじめに遭った。

貧乏な家に育ち、私の母がお中元やお歳暮を夫の実家に贈らなかったことが最初の原因だったようだ。お互い様だったのだが、気に入らないことがあると隣近所に嫁の悪口を言いふらして歩く姑だった。

長女が生まれた時、

「この家の孫の面倒は見られないから、困った時は実家の親を頼め」

と宣言された。

初めての子供を育てる中、気分次第で身勝手に振る舞う姑には、精神的にも参った。もしかすると軽い鬱病にかかっていたのかもしれない。子供をベビーカーに乗せて家の周りを散歩することさえ人目が気になり、できなくなった。私のつらい思いを、毎日のように聞き続けて支えてくれた友達がいてくれたので、幸いにしてこの時期を乗り越えることができた。


数年前に、手相の勉強をしていた姪が私の手相を見て、

「あさちゃん、24歳か25歳頃に何か変わったことあった？　急に運勢が開けているよ」

と言った。私が結婚して実家を出た年頃だ。

結婚してからも相変わらずの状況だったが、それでもまだ、実家にいた頃の私と比べればマシだったろうということが手相からは読み取れたようだ。

いざという時には実家の母を頼るしかなく、本当に困った時には母が子供たちを見てくれるようになった。その頃の母は妹も嫁ぎ、生活が少し楽になっていた。

長女が生まれた時には、

「お前には買ってあげられなかったから」

と言って、我が家に七段飾りのお雛様が届いた。その時は私にもお雛様が届いたような気持ちになり、本当に嬉しかった。


振り返ってみると、母にお雛様が欲しいとおねだりして、

「金がないで買えん」

とぶっきらぼうに言って怒っていたあの時、母も実は心の中で悲しんでいたのではないか……今ではそう思えて心が痛くなる。

晩年の母は今までできなかった大正琴やカラオケを習って楽しんでいた。

私が結婚する前の母を想像することができないくらいに、母は年々穏やかな人になっていった。

母が来ると娘たちは、いつも母の隣で一緒に寝ていた。

母もいつもニコニコして娘たちと話していた。

私が子供の頃、こんな穏やかな顔をした母を一度も見たことはなかった。

大人になり、自分が親という立場になった私は、母の置かれていた険しい人生を同情することができた。

それでも子供の頃のつらかった思いを記憶から消し去ることはできなかった。

困った時にどれだけ母を頼って助けてもらっても、心から許すことはできなかったのだ。

今から20年前、まだ元気だった母が、

「お前には、すまなかったね」

と言ったことがある。でも私は、その先の話を聞きたくなくて言葉を遮ってしまった。

人生の枷となったインナーチャイルド

私の心の中から決して外せない子供の頃の母との関係。

幼少期に母から言葉の暴力を振るわれたつらい体験は、いまだに私の心の中に居座り続けている。子供は新しいことに興味を持ち、手当たり次第に挑戦していく。危いと思うことも、周りが汚れると思うこともおかまいなしだ。嬉しい時には喜びを体いっぱいに表現して、ドタバタと大声を出して走り回る。嫌な時には、体全体で抵抗する。その全てが、子供らしい健康的な生き方だと大人になった私は頭の中では理解できる。

しかし、成長過程で癒されないまま大人になった私には、子供らしく生きている子供たちに対して、自分ができなかったことを羨ましく思う強い嫉妬心が生まれていた。自分の思いのままを通そうとする子供たちが我儘として映り、許せないと思う幼い私が潜んでいた。

母の言葉がトラウマとなり、子供の頃の心の傷が癒されてこなかったつらい思いが、大人になってもインナーチャイルドとなって私の心の中に残り、私を苦しめていた。

「お前は馬鹿だ」

「こんなことも、できないのか」

「本当に情けない」

この言葉を幼少期から聞き続け深い傷となり、後に誰がどんなに褒めてくれても、心から自分を認めてあげることができなくなった。素直な気持ちで受け入れようとすると、常に幼い頃の私に邪魔をされるのである。

自己肯定感が低い私は、時として現れてくる幼い頃の私が、心の中で大人になった私と葛藤し、目の前にいる小さな孫とさえ張り合うのである。

「あなたたちは私の子供の頃と比べれば遥かに幸せじゃないか」

「何で言うことを聞かないの」

「どうせ、私なんか……」

「あなたは、いいよね」

事あるごとに羨む心が現れ、心を歪ませるこのインナーチャイルドに、私は長い間苦しめられた。

インナーチャイルドはちゃんと過去の自分と向き合って、「ほんとに頑張ったね、偉かったよ」と自分の心に寄り添って抱き締めて自分が癒してあげる必要がある。そうしないと、いつまでも心の中にいる幼い自分が現れて、大人になった自分を苦しめるのだ。

インナーチャイルドは『内なる子供』と言われる。子供の頃のつらい環境だったり、大きなつらい出来事だったりと原因は様々あると思うが、外から受ける圧力によって子供時代に大きな傷を受け、癒されずにそのまま心の中に傷を閉じ込めて成長すると、いつまでも満たされない子供の心を持った自分が心の奥底に存在する。

つらかった時と同じシチュエーションが揃えば、子供の心を持った自分が突然に現れ、強い力で心の中を掻き回す。理性で抑えようとすると、かなりのストレスが掛かり、人生を生きづらくするのである。

心の中にインナーチャイルドが宿っていた私は、60年以上も大切な人生を卑下し続けてしまったのである。

占いに救いを求めて

自分と向き合い始めるとどんどん自分自身のことが知りたくなり、今まで友達に誘われても怖くて行けなかった占いにものめり込んでいった。そばで見ていた友達からは「あさちゃんは何かにとりつかれているのかと思うほどだった」と言われた。

占いは算命学から始まり、手相、西洋占星術、動物占い、ソーラーリターン、心の声を聞く対話、マヤ暦、奇門遁甲まで、こんなに種類があるのかと思うほどいろいろな占いを受けた。

特に八雲あかね先生の算命学での鑑定は、たとえ方がユニークで後に何回も受けることになった占いだった。

算命学では、私の魂の中心として存在するのは『禄存星』だそうだ。禄存星は縁を結んでくれた多くの人たちと一緒に幸せになりたいと思う、愛に満ちた奉仕の星だと、あかね先生は教えてくれた。

韓国が好きで韓国料理も大好きな私は、韓国に行くたびに韓国料理教室で学んでいたこともあり、よく友達を招いては韓国料理を振る舞った。なにより人が喜んでくれることが嬉しいのだ。9月に子育て中の娘の友達を8人ほど呼んで『夏休み子供たちがいて大変だった、お疲れ様会』をしたことがあった。韓国料理は前日から仕込みに入り時間をかけ7品を作って大皿に盛り、お腹いっぱいに食べてほしくてバイキング形式にしてテーブルに並べた。それを聞いた料理好きな友達が、

「私は家族や友達には料理を作り、もてなすことはできる。でも娘の友達にまで作りたいと思ったことはない。信じられない。やっぱりあさちゃんは変わっている」

と言った。あかね先生も、

「あさちゃんは普通じゃない、こんな大変なことなかなかできないよ。帰りには残り物だと言ってパックにお土産まで詰めて私にくれる。やっぱり普通じゃない」

と言われていたが、ここに算命学でいう禄存星の心を持っている私がいたのだと、だんだんと納得するようになった。

しかし、初めて算命学を受けた時は、あかね先生の言葉はかなり強烈に私の中に入ってきた。

「あさちゃんは日々、大海原で大嵐に遭遇しているような大変な人生の中にいる。でもね、なだらかな人生を歩いている人が大波に遭遇した時、心の動揺はかなり大きい。あさちゃんはいつも嵐の中にいるから何が来ても慌てることがなく、衝撃は殆どない。だから今はペットボトルになったように自然に任せて波に乗って過ごせばいい。還暦を迎える頃からは、あさちゃんは自分らしく生きることができるからね。あさちゃんは固定観念のような枠に入りきらない変わった星の人だよ。普通とは違う変人星だからね」

その時、固定観念に縛られていた私は普通とは違う人と言われ、さらに変人星という言葉は受け入れ難く、一晩眠れない夜を過ごすことになった。

57歳の時に初めて受けた手相鑑定の先生からは、

「今、ようやく修行が明けましたね。よくここまで頑張りましたね。今からは敢えて何かを学ぶのではなく、あなたの中にある経験を外に出すだけ。あなたには素晴らしい経験があるから、みんなにそれを伝えていって。そしてね、あなたの言葉には力があって人を惹きつけるから言葉も大切にしてね」

と言われた。この言葉の意味が分からないまま過ごしていた1年後、再びイベントで手相の先生と会った。

桜の木の下で占ってくれた先生は、

「今のあさちゃんはこの桜の木のように、春が来て花が咲く前の栄養を溜めている時だよ。花がきれいに咲くまでゆっくり過ごせばいいの。焦らず桜の木のようにね。そしてね、あさちゃんが話す言葉の中で『ありがとう』は相手の人に凄い力を与えるから大切に使ってね」

人生を卑下し続けていた私には、温かくありがたい言葉であっても、何を伝えてくれているのかさっぱり分からなかった。

西洋占星術の先生は娘より若い先生だった。喫茶店のオーナーさんが引き合わせてくれたが、彼女はバックパッカーで、ヨーロッパを回った後にフィリピンの人里離れた山奥に入り、いろいろな国の方と一緒に西洋占星術の修業を積んだという、凄い経験の持ち主だった。

「あさちゃんは人との繋がり運があって、自分らしく生きる自然体で過ごすことが大事です。今からは外に出ること。もう大丈夫だから殻を破って外に出て。羽ばたいて」

石橋を叩いても叩き過ぎて壊してしまい渡れないという性格を見抜かれていたような言葉だったが、そこでもまだヒントとして受け取ることはできなかった。

マヤ暦占いの先生は、

「あなたは数少ない特殊ｋｉｎを持つ人で、直感が優れている。そして責任を課せられると開花するから、信念を持って行動すること」

動物占いの先生は、

「スピリチュアルなもの、目に見えないものを重視した生き方で直感を信じること。博愛精神が基本となり、ゆったり大きな気持ちで人生をエンジョイすることが大切」

と言った。


占いの種類によって、一つ一つ占い方も違う。勿論占いの先生も違う。先生方の言葉には温かさがあり嬉しかったが、その一方で具体的には何をどうしたらいいのか分からず、焦る気持ちしか残らなかった。何回鑑定を受けても私には光は見えてこなかった。その時の私は、先生方が言ってくれる言葉では物足りず、ただ簡単に答えだけが欲しかった。私にはまだ自分が歩んできた人生を受け入れるだけの器ができていなかったのだ。焦る心を李先生に見透かされていたのだろう。李先生に奇門遁甲で占ってくれる今泉先生を薦められ、今泉先生の鑑定を受けた。

今泉先生は、私が今まで何て人生だと卑下し続けてきた人生を、

「よく今まで頑張った、あなたは強い人だ。これからは好きなことだけをして、過ごしていいからね。2020年からは忙しくなるから、ちゃんと今を楽しむこと。あなたが友達だと思う人、あなたが師と思える人とのご縁は素晴らしいものをいただいている。ご先祖様も守ってくださっているからもう大丈夫だ」

と言ってくれた。今までの私をずっと見てくれていたかのように思えて嬉しくて泣いた。これが今泉先生との初めての出会いだったが、20年以上前に友達から占いに行こうと誘ってもらったことがあった。その時の占いの先生が今泉先生だったと後で分かった。

20年という歳月を経てやっと出会えたありがたいご縁に感謝している。

今泉先生と会って私の心が落ち着き、今は好きなことをしようと始めたのが、毎回ゲストを呼んで旅にまつわる話を聞く『あさちゃんの旅さんぽ』だった。旅が大好きな私は、

旅の好きな人が集まって人と人とがご縁で繋がっていけばいいなぁという思いがあったからだ。

初めての『あさちゃんの旅さんぽ』のゲストは、あの西洋占星術の若い先生だった。「あさちゃんの殻を破る一歩になれば嬉しい」と言って、みんなの前で貴重なヨーロッパでの体験を話してくれた。今でも忘れられない私の挑戦の始まりである。2、3ヶ月に1回のペースで会を開いた。いろいろなゲストの方々によって『あさちゃんの旅さんぽ』が繋がりアルゼンチン、カナダ、ニュージーランド、オーストラリア、フィリピン、タイなどを紹介でき、最後に私が20年間見てきた韓国を紹介した。

娘や友達みんなに支えてもらって、2019年まで『あさちゃんの旅さんぽ』は続けることができ、充実した楽しい時間を過ごすことができた。そして、この体験が私の自信に繋がり、後に自分を受け入れる時の一つの応援団にもなった。

大好きな旅での神秘な出来事

私は10年くらい前から、海外旅行中に不思議な体験をすることが時折あった。

韓国語を学んでいたこともあって、韓国には何度か旅行をしていた。なぜなのかよく分からないが、韓国人の方と20～30分で友達になることもしばしばあった。良い出会い方もあれば、乗車拒否をしたタクシーの運転手との出会いもあった。


今回の旅行でも、料理教室でまた一つレシピを覚えて満足して仁川空港を後にしようと、航空会社のカウンターで手続きをしていた時である。隣にいた韓国人にテンションが高くなっていた私は話し掛けた。

「今は観光で韓国に来るというより、本場で韓国料理を学ぶことが楽しくて来ているの。今回も料理教室で新しい料理が学べて嬉しかった」

と私は話した。

「そんなに韓国のこと好きになってくれて嬉しい。料理教室のレシピの料理はおいしくないよ。やっぱり家庭料理は家庭で学んだ方がいい。キムチ一つとってもその家の味が代々引き継がれている。そんなに韓国料理が好きなあなたに家庭料理を教えたくなった。私は料理を作るのは上手だよ。ちょくちょく韓国に来るなら電話して。また会いましょう」

そう言うと、その人は名刺を渡してくれた。

その後も韓国に行くたびに連絡を取って、何度か会っていた。

「今度は家に遊びに来て」と言われ、ソウル郊外にある彼女の家に車で一時間かけて行ったことがある。彼女は高層ビルのマンションに家族4人で住んでいた。そこで家庭料理を一緒に作り、彼女の家族と私たちが作った夕食を囲み楽しい時間を過ごした。その時、彼女はその日の明け方にトルコ旅行から帰って来たばかりだったと知った。無理しなくてもと言う私に、大事な友達に料理を教えたかったと言い、疲れていたのに作ってくれた料理の味は格別だった。

「今日はホテルに帰らないで、ここで泊まればいい」と言ってくれたご主人の言葉も嬉しかった。温かい家庭に癒された一日となり、トルコ土産と明日の朝食にと渡された韓国料理のお弁当を受け取って、明日帰国する私たちを見送ってくれた友達夫婦にお礼を言って、彼女の家を出た。

雪が降るソウルの街で、タクシーに乗ろうとした時、目的地は近いから歩いて行けと乗車拒否をした運転手にムッとした私は、早く車に乗せてと少しばかり言い合いになった。そしてタクシー運転手の提案を呑み、半日観光の値段交渉をして乗り込んだ。行きたかった目的地に着き、一緒に話しながら観光をしていると、突然、私と友達の間に運転手が割って入り腕組みをし、店に入るたびに、

「俺の日本の友達だ。安くしてよ、日本から来てくれたんだよ」

と頼んでもいない値段交渉を始めた。彼に何が起きたのか分からないままついて歩き、喉が渇いたからカフェに行こうと誘われ、そこでも「俺の日本の友達だ」と連発していた。若い店員と少し話した後、店員がアドレスを教えてほしいと私に紙を持って来た。目の前にいる運転手も一緒に書いてくれと紙を差し出した。美味しい珈琲を飲み、次の目的地に行った。これでホテルに戻ると思っていると、午後も時間があればタクシー運転手行き付けの食堂があって美味いからご馳走したいと言い、昔の映画に出てくるような古い食堂で

一緒に昼ご飯を食べた。観光客は一人もいない店内は、タクシー運転手ばかりで彼は友達と声を掛け合っていた。その後も観光を続けていたが、乾燥しているソウルの空気にやられ、気管支の弱い私は咳が止まらなくなった。彼は狭い路地の坂道に車を止めて、「ちょっと待っていて」と言って車から降りてどこかに行ってしまった。しばらくして戻って来た彼の手には高麗人参の温かい栄養ドリンクが3本あった。彼から渡されたドリンクを飲みながら体と一緒に温まっていく心に、彼の温かい優しさが伝わってきた。

「今日はいい日だったからもう仕事はやめる」

と笑いながら話し、洗車場に寄ってからホテルに戻った。タクシーで洗車場に行ったのも初めてだが、まるで以前からの友達のように過ごした一日になった。全てをご馳走になった私たちは、一日観光分の料金を渡したが、約束が違うからと言って半日分の料金しか受け取らなかった。韓国で初めての最悪の乗車拒否から始まったフィジュさんとのご縁は今も続いているが、あの時何が彼を変えたのかは今も分からない。ただ何かを話していたのは確かだが。その後は行くたびに彼と会った。最後に会ったのはコロナで騒がれる数ヶ月前だったが、お互いに時間が合わなくてゆっくり会うことができなかった。帰国する日の朝、彼がホテルのロビーに大きな袋を友達の分と二つ持って現れた。韓国海苔をお土産だと言って渡すと、彼は忙しそうに帰って行った。

帰国当日の私たちはすぐに部屋に戻り、大きく膨らんだ海苔の袋をスーツケースに入れるため、再び荷物をほどき慌てて詰め込み作業をすることになったが、彼の気持ちは嬉しかった。

漢方薬博物館でボランティアをしている一つ年上の女性との出会いもあった。彼女は大学で日本語を勉強していると言い、私は韓国語を勉強していたことであっという間に意気投合した。韓国に行くと、彼女は韓国のいろいろな所を案内してくれ、韓国の魅力も教えてくれた。年の近い同性だから共通点が多かったこともあって、親しくなるのには時間は掛からなかった。

袖振り合うも多生の縁というが、本当に韓国に行くたびに素敵な縁を結んでもらっている。韓国での4日間の滞在中の目的は友達に会いに行くというものに代わり、韓国の友達と出掛けるだけで帰国の日がやって来る、最近はそんな過ごし方をしていた。

今思えば、多くのご縁を韓国で結んでもらった。その場で盛り上がり終わったご縁や数回会って自然消滅したご縁など様々なご縁との出会いの中で、大切な友達にまで発展し素敵なご縁として続いているのは、全て私からの声掛けだった。

若い人ならともかく、50歳を過ぎてからの韓国の人との出会いである。いつも一緒に韓国に行き、そばで私を見ていた友達は、
「あさちゃんは気付いてないかもしれないけど、周りを見て大丈夫だと思った人に声掛けしているような気がする。アンテナを張り、先の先が見えているのだと、そばにいて思うよ。あさちゃんの凄いとこだと思う」

算命学のあかね先生は、
「あさちゃんは普通じゃない。そんなに簡単に日本でも友達はできない。しかも言葉も風習も違う韓国で。それは凄いことだよ」
と言ってくれた。誰に何を言われようとも、それが私には凄いことだとは、まだその時は思っていなかった。

２０１７年10月、友達と一緒にニュージーランドへ還暦旅行をした。

今でも私の心を癒してくれるミルフォード・サウンドは、二十数年前に初めて夢の中に出てきた所だった。旅行予約を半年前にして、旅行1週間前に日程表が届き、偶然にも西洋占星術の先生からその年の1年の中で最高の日と聞いていた日がミルフォード・サウンドに行く日になっていた。それもあってミルフォード・サウンドに行くことを一番の楽しみにしていた。ミルフォード・サウンドに行く前日、ツアーガイドさんから、

「明日は大雨予報が出ているからミルフォード・サウンドに行けないことも覚悟しておいてください」

と言われ、すごくショックを受けた。翌日の朝、雨が上がりだんだん青空に変わっていった。ミルフォード・サウンドに着く頃には、光が差し晴天になっていた。ツアーガイドさんは「何で雨が上がって、晴天になったかわからない」と何度か言って首をかしげていたが、私は夢に見たミルフォード・サウンドに来ることができて嬉しくて、胸が高鳴っていた。一度は見たかったフィヨルドの大自然。その中を船は進んだ。日が差す岩の上で昼寝するオットセイの近くには小さなペンギンもいて、写真を撮っていると夢に出てきた景色が目の前に現れた。その瞬間から突然息が上手く吸えなくなり、しばらく過呼吸のような状態に陥った。数分後にその景色が目の前から離れていくと、何もなかったかのように

体は元に戻った。ミルフォード・サウンドからの帰り道、草原を横切っている広い道路に、今まで見たこともないような大きな虹の橋が架かっていた。私たちが乗っていたバスは虹の橋の下を潜って走った。この話を李先生にすると、「そういう時はその場の全てから歓迎を受けている。その虹の橋を渡って見守ってくれていた神様が天に帰られる。そんな話を私は聞いたことがある」と言ってくれた。

ニュージーランド旅行ではとても不思議な体験をした。初めて行ったのに、なぜかとても懐かしく感じ、心が満たされた最高の旅行になった。

このニュージーランド旅行は出発当日の朝方に台風が通過し、8日後の成田空港に到着した数時間後に再び台風が来るという台風を避けるようにして行けた旅でもあったのだ。今ではそのミルフォード・サウンドの風景が、私の一番の心の安定剤になっている。

星の王子様、1冊の本からの気づき

2019年10月、政府レベルでの日韓関係が悪くなり、日本から韓国に行く旅行者が激減する中、私は空き空きの飛行機に乗って韓国の友達に会いに行った。友達のオギムさんの家に招待されたのだが、私が韓国の童話などを読んで韓国語の勉強をしていたことを知ったオギムさんが、家にあった童話全集の中から1冊の本をお土産と言って手渡してくれた。日本語版で『星の王子様』だった。この本を読んだことはなく、初めて韓国版の『星の王子様』を訳しながら読んだが、哲学的内容を理解するのは難しかった。2ヶ月後、市の文化会館に劇団が来るという広報を目にした。なんと演目が『星の王子様』だった。こんな偶然があるのかと思いながら見に行った。劇が終わりに近づいた頃、突然「あなたの固定観念をもう外して、自由になって」という声が私の中から聞こえてきた。体中が熱くなって嬉しくなった。5年間、探し続けてきた声を、やっと聞くことができたのだ。

私をがんじがらめにしていたのは固定観念だったと気付いた。気付きによって、突然に繋がり始めたこの一連の出来事を感じた時、人生にはちゃんと流れがあるのだと実感した。どんな偉い先生に教えを乞うより、自分で気付くことは自分自身の心の中に大事なことを落とし込める。ようやく私はそのことに気付き、そして、私の心の器もその時に大きくなったのだろう。5年前に我武者羅に占いを受けていた頃とは、全く違った私になっていた。

自分と向き合い始める

２０２０年１月、自分と向き合うというスタートラインに立つことができた。しかし、受け入れ難い過去に向き合い、一つ一つ気持ちを整理していくのは、生半可な気持ちではできなかった。57歳の時に手相の先生から、今修行が明けたばかりだと言われ、算命学のあかね先生からは、還暦を迎える頃から自分らしく生きられると言われていた。

57歳まで修行だったと手に刻み込まれた手相の通りの、一言では言い尽くせない険しい人生に向き合い始めた。３月になって自叙伝を書き上げ満足していた時、自叙伝を読んだ学生時代の友達の一言から、再び自分と向き合い始めることになった。それからがまさに本当の自分との向き合いになった。

自分の部屋に籠り、ひたすら過去と向き合う。３月に書いた自叙伝の甘かったこと、こんな内容で終わる人生ではなかったことに気付いた。いろいろな思いが山のように出てくるつらい時間を過ごすことになった。そんな時に、樹木希林さんの思いが書かれた『9月1日　母からのバトン』という本と出合った。私は今まで本は好きではなく、若い頃から漫画も雑誌も買ってまで読んだことがなかった。子供の頃、貧しくて本も買えなかったのも理由の一つかもしれないが……。

最初は私の誕生日でもある9月1日という本の題が気になって読み始めると、人それぞれの人生があって、みんな心の中に人には言えない何かを持って生きている、本の中の人たちの強さを感じた。それを応援している樹木希林さんの生き方も素敵だ。樹木希林さんの本を何冊も買い込み読んだ。樹木希林さんの本からエネルギーをもらい、疲れると本を読むことを繰り返し自分と向き合い続けた。

最後の最後に出てきた過去は、重い十字架を背負っていた11歳の私だった。墓場まで持っていくつもりだったという言葉をドラマで聞いたこともあるが、私にもそんな過去があった。

小学5年になった私は、よく母の使い走りをするようになっていた。友達の家に遊びに行っていた妹を、

「迎えに行け」

と母に命令され嫌々迎えに行った日に事件は起きた。

迎えの私が来ているのに妹は「いや」とぐずって一緒に帰ろうとしない。うんざりして腹を立てた私は妹を置いて友達の家を出てしまった。

ところがその結果、妹は命に関わる交通事故に遭った。

母は救急車に乗って行き、一人で残された私は父が帰ってくるのを待ちながら、ただただ罪悪感で怖くて家で泣いていた。

父と一緒に病院に行くと妹は手術室の中にいた。数時間後、妹と対面した時は酸素吸入器をつけてビニールの囲いの中に入って横たわっている姿だった。部屋の入り口には面会謝絶の札がかかっていた。妹の意識が戻るまでの数日間、母は家に戻ることはなかった。

私は不安と罪悪感でいっぱいで、仏様の前で手を合わせて過ごした。

「妹が早く良くなりますように」

数日後、母が家に戻って来ると、

「なんでちゃんと連れて来なかった。そんなこともできんのか。おまえは情けない奴だ」

母はひどく怒った。母だけでなく家族みんなから怒声を浴びせられ、私の言うことなど誰一人聞いてくれなかった。私はただただ自分がとても酷い鬼のような11歳の子供のように思えてきた。

交通事故の裁判の証言台にも立たされ、もうこれ以上は家族に責められたくなくて自らを庇う過ちを犯してしまった。

時間が経つにつれ、事故を起こしたオートバイのおじさんに申し訳ない気持ちでいっぱいになり、自分が犯してしまった愚かさで恐怖心に包まれ、毎日心の中で手を合わせて過ごしていた。

この裁判の判決はどうなったのか私は何も分からないが、このことが深い傷となって私の心の奥にしまい込まれた。

そして、『真実を誰にも話してはいけない』と決め、心の奥底で十字架を背負い半世紀生きてきた。

6年前から自分探しをしてきて、今年に入り腰を据えて自分と向き合った時、記憶から消さなければ過ごしてこられなかったこの事件が、一気に蘇ってきた。

封印してきた記憶は重すぎて、一人では受け入れることができない。私は整体師の李先生の力を借りて心の中から記憶をようやく引き出すことができた。

「あさちゃんは何も悪くなかった。何で罪悪感を持つの？ 11歳の子がお母さんの言われるまま迎えに行って、妹があさちゃんの言うことを聞かなくて、妹の我儘で事故が起きた。あさちゃんのどこが悪いの。お母さんがあさちゃんに責任転嫁しただけ。普通じゃないよ。こんな時は自分のせいだと思って不安になって責任を感じている子供に『大丈夫だよ』って抱きしめてあげるのが本当の親なのに、つらかったね。あさちゃんは自分のことを加害者のように言っているけど、それを言うなら被害者だったんだよ。11歳の子が。本当につらかったね」

李先生は私に寄り添い右手を握り、言葉を掛けてくれた。

「右手は過去に繋がっているから50年以上心の奥底にあったつらい出来事を吐き出して、体は楽になったんじゃないかな。体はちゃんと応えてくれているよ」と言った。

突然、体中が熱くなってきて、お腹がゴロゴロ鳴りだし五臓六腑が喜んでいるようだった。

　前世療法ができる李先生はそのまま手を握り、

「もしかしたら加害者だと思っているあさちゃんもオートバイのおじさんも二人とも実は被害者のような気がする。迎えに行った時、あさちゃんが手を離したのと妹が手を振り払うのとでは違う。11歳の子供に一瞬の出来事を判断させ責め立てるのは、とても酷なことだよ」

　李先生は話を続け、

「このこと全部を見ても決してあさちゃんは悪くない。これはみんな親が悪い」

　と言ってくれた。

「ちゃんと11歳の頃のあさちゃんに戻って泣いてね」

　それから数日後の明け方、李先生との会話を思い出した私は、突然子供のように嗚咽した。

　枕を口にあて声を押し殺さねばならないほどだった。

『なかったこと』にして隠してきたインナーチャイルドがやっと現れ、泣いて泣いてようやく癒されたのだと思う。

心に変化が現れる

5月、ようやく62年史である自叙伝を書き上げた。

3月に書いた時とは、自叙伝の内容は元より、それ以上に私自身が変わっていた。無理やり受け入れさせようとする自分から、自ら自然に受け入れている自分がいた。やりたいと思ったまま行動することで、ちゃんと受け入れてくれる自分がいると、こんなにも楽に過ごすことができるのかと実感している。

勿論ストレスなんて今はない。10年前にストレスで体調不良を起こして、仕事まで辞めたことが今は嘘のようだ。ずっと私を支えてくれた信頼する李先生や友達に、自叙伝を読んでもらった。李先生から、

「あさちゃんに会えて良かった！　セラピストになれて良かった！　あなたは完璧です」

というメールを受け取った。こんな素敵な言葉をいただいてもいいのだろうかと思いな

がらも、天にも昇る心地ってこういうことを言うのだろうなぁと喜びを噛み締めた。

一方では自叙伝を二度三度と読み返すたびに、あの十字架を背負ってしまった、傷つけた相手のことが気になって、頭から離れなくなってしまった。

奇門遁甲師の今泉先生のところに行って、自叙伝にある内容の全てを浄化してもらった。

今泉先生は、

「もう大丈夫だ。まだあなたには先がある。62年史で終わりではない。年々功徳を積んで開いていく。やるべき時が来たら、ちゃんと行動を起こすこと。その時が来るまで、今は一休さんのように、ひと休みしていなさい」

と言った。

3年前に初めて会った時と同じように私の心は穏やかになり、再び泣いてしまった。

自分自身と向き合えることの幸せ

生きていれば山あり谷ありの人生をみんな歩く。

そんな人生でもいい時も、悪い時も続かないから頑張れる。

自叙伝を書き上げて3ヶ月が過ぎたが、その間にも私にとってちゃんと向き合わなければならない、いろいろなつらいことが浮上してきた。

再び逃げることのできない現実と向き合うことになった時、一人になりたくて自分の部屋に籠り、ベッドに横になりながら天井を見ていた。ふと気付くと冷静な自分に戻り、「神様はこのことを通し、私にどんな学びを与えたいのだろう?」と考えていた。

石井ゆかりさんの『3年の星占い』という本の中に、2019年は自分の心地いい居場所を見つけることとあったが、それがどこなのか分からないまま年が明けていた。そして今になってこの私の部屋が、本来の姿に戻してくれる最も大切な居場所だったのかと気付いた。

それ以後、周りで何かあるとまず自分の部屋に籠る。そして自分と向き合う。するとなぜか、ちゃんと答えが導き出される。そして自分を信じて行動する。今は何か事が起きても人を責めることはなく、自分に必要な学びを与えられたと思えてくる。

少し立ち位置を変えるだけで、見えるものが変わる。

私から人を羨む心が消えた。今、すごく幸せだ。

人生最高の誕生日

63歳の誕生日、思いもよらない方からも、おめでとうメッセージやプレゼントをいただいた。心の器は幸せでいっぱいになってあふれ出していた。今までにない、幸せな一日になった。

興奮冷めやらぬ3日後の朝、久しぶりに魂からのメッセージとも思える夢を見た。あの漫画の中の一休さんが座禅をしていて何かを閃いた時の画像で目が覚めた。数ヶ月前に、今泉先生から今は一休さんのようにひと休みしていなさいと言われていた私は、ただ休んでいていいのだと言葉を捉えていた。そこに「閃きのある一休さんのように」という言葉が付いていたことに今頃になって気付いた。これは、

「これからは直感で大丈夫。自分を信じて行動していいからね」

と神様が伝えてくれたメッセージ。もしかして、神様からの誕生日プレゼントかも……そんな気がしてならない。

実は20年くらい前から悩みぬいても答えが出せなくて迷いに迷った時、夢の中で導かれ助けられた夢を数回見てきた。何年か後に振り返った時、夢を素直に受け取った結果は間違っておらず、ベストな選択だったと思える展開になった。

ここ数年は夢からのメッセージを受け取っていなかったが、心も安定し穏やかな日々を送る中で魂からの夢を再び見ることができた。

長かった修行も終わり、自分と向き合い、心の自立ができた私を見て、神様が合格点をくれたのかもしれないなぁと思えた。今は何でもポジティブな考えに転換してしまう幸せな私だ。

李先生とのご縁に感謝

ご縁とは本当に不思議だ。もし李先生と出会わなかったら、私の人生は今とは違う人生になっていただろうとつくづく思う。先生は、いつも私に寄り添い、その時その時を感じたまま話をしてくれた。6年前は、話についていけないことも多々あった。私は「へ～?」とか「ふ～ん?」としか答えられない日も多かった。

いつ頃からだろう、だんだん李先生の言葉を受け取ることができるようになっていった。しかし私を褒めてくれるような言葉に対してだけは、自分を卑下し続けていた私はなかなか聞き入れられなかった。それでも今年になってようやく自分の人生を肯定することができた。

自分を肯定し、自分と向き合い始めると、どうしてこうなったのかという過程が見えてきた。そこにはちゃんと人生の流れがあると実感した。人には大なり小なり悩みはある。

エベレストの山のような険しい人生を歩む人もいれば、丘のようななだらかな人生を歩む人もいる。それも自分で選んで今世に生まれてきたという。

ある日李先生から、

「ついにエベレスト登頂に成功したね、あさちゃん」

と嬉しい言葉を聞いた。

常日頃から思っていた気持ちとして、

「先生が導いてくれたから」と言うと、

「私はガイドをしただけ。登ったのはあさちゃんだってことを忘れないでね」

と言ってくれた。本当に嬉しかった。

立ち位置を変えれば見えるものが変わる

今まで決して平坦な人生ではなかった。

自叙伝を読んでくれた次女は、

「お母さんは波乱万丈の人生を過ごしていたんだね。半分くらいは知らなかったなぁ」

と言った。

学生時代からの友達は、

「学生時代からあさちゃんは明るくて、生い立ちも、結婚してからも大変だったなんて感じなかった。幸せな人生に見えていた」

と言った。

私は、人生のつらさを心の中にしまい込んで生き、ストレスで体調を崩した。

その後、李先生と出会い私に人生の転機が訪れた。

人生には流れがあって、ただその流れに気付き、波乗りのように上手く乗れるかどうかで、人生の過ごし方が変わるのではないかと今では思う。

樹木希林さんの本の中の言葉で、「ありがとう」は「有難う」と書き、難が有るほど自分を成長させてくれるから有難いと書いてあった。その言葉は妙に心に残った。

私の人生はいろいろなつらいことを経験しているだけ、対応できる知恵を授かっていることにも気付いた。心の中にいっぱい知恵という宝を持っている私は幸せなのだと思えてきた。

立ち位置を変えれば、見えてくるものが変わる。心が楽になり、それによって幸せにもなれる。私はこの数ヶ月でとても大きなものを学んだ。そして自分らしく生きるための人生の土台がようやくできた。

母を許す

自叙伝を書き上げた私は9月に63歳の誕生日を迎え、ようやく自分と向き合い自分らしく生きる術を身につけた。

母の生きてきた時代は、女が自由に自分の気持ちを伝えることが許されない時代だったろう。そう思うと、母を許せないと思う心と裏腹に、あまりにも悲しい時代的な背景を想像し様々な思いが交錯した。母も以前の私と同じように、自分の人生を「こんなはずではなかった」と卑下し続けて生きてきたのだろう。

私は自分の人生を卑下して生きてきたことが間違いだったと62歳で気付けた。そして、まだ私には残された人生があると心からそう思えた時、ようやく母へのわだかまりが消えた。

仕方なく受け入れようとしたのではない。心から母を許すことができたのだ。

母を許し、改めて母との関係を振り返ってみた。

母の置かれた環境、それは時代だけでは片づけられない過酷な人生。母はそこで生きてきたことに気付いた。

やり場のない母のストレスは、自分の子である私に向けられた。だが、友達と話している時、

「あさちゃんは親に反抗せずじっと我慢して耐えられる子だった。本当に強かったと思う。その強さにお母さんも甘えてしまったんじゃないかな」

と言ってくれた。母が唯一甘えられる存在が私だったのかと気付けた。

子供は親を選んで生まれてくる時、親に対する一つの使命を持って生まれてくるという。おそらく私は、母の心を救うという使命を持って生まれてきたのではないか。

生きている時には分からなかったが、母が亡くなって17年経ち、『親に対する使命を果たせた』と思えている今の自分が嬉しい。

つらかった母との関係も、私の通るべき大事な学びの一つだったと今は受け止められる。

人生には、どんなことにも意味があり、無駄なことは一つもない。そう実感している。

縛られてきた感情やつらさと向き合い母を許すという境地に至った時、私は心から自由

を感じ取ることができた。

子育ての振り返り

姑にあることないことを言いふらされている町内にいることだけで精神的にくたくただった私は、外に出て子供と遊ぶことがとても苦痛になっていた。そんな状態になっている私に代わって、夫は時間があれば子供たちを連れて散歩したり、外で一緒に遊んだりしてくれた。その時の楽しかった思い出を三女が結婚式で両親に宛てた手紙の中で知った。ずっと子供たちへの負い目として残っていた思いが救われた瞬間だった。

いろいろなことを許し心が澄んでいく中、私は母と同じように娘たちを育ててきた間違いに気付いた。

母から受けた躾を変だと思い反面教師にしていたにもかかわらず、「厳しくするのはお前のためだ」と言われていた言葉が、私に無意識に根付いていたのだろう。

そこには愛情とすり替えられた悲しいバトンが親から子へ受け継がれていた。

きっと娘たちも友達と比べて厳しすぎる変な親だと思いながら育ったに違いない。時間は戻せないが、娘たちには申し訳ない気持ちでいっぱいだ。

今は娘と孫たち親子の素直な会話を聞きながら、これが本物の親子関係なんだろうと思えて微笑ましい。

我が家の「負の連鎖」は長い時間をかけて、ようやく娘たちによって断ち切られたのだろうか。

そう信じたい。

今の世の中は、いろいろな親子関係での悲しい事件も起きている。

特に小さな子供に関する事件は胸が痛い。逃げ場のない幼い子供が親から受ける心の傷は計り知れない。

子供の頃の私は親に反抗しない、世間から見れば『いい子』だったと思うが、心の中に抱えきれないほどのストレスを受けていた。だから今はすぐに謝るいい子を見ると、幼少期の自分と重なって、無理していないか、我慢していないかちょっと気になる時もある。

うちの孫たちを見ていると、自分の意思を時には泣いてまで周りに伝える子供らしい強さがある。それが自然ではないかと思う。

怖いのは親から子に続く「負の連鎖」だ。私も犯してしまった経験があるが、親から傷つけられた子は自分で気が付かないまま、親からされたのと同じように子供に接し、子供を傷つける。それが代々続くと思うと本当に遣り切れない。

孫がくれた幸せ

朝、一緒に住む小学生の孫が、

「ばあばの塩にぎりが食べたい」

と言って私の寝ているベッドに潜り込んでくる。

「ばあば、これ読んで」

と本を1冊持って来て、私の膝の上にちょこんと座る幼稚園児の孫。私の部屋に来て、居間か自分たちの部屋のようにくつろいでいる。トランプやカードゲームを持って来て、

「ばあば、一緒に遊ぼう」

と誘ってくる。時々一緒に風呂に入ったり、一緒に寝たりもする。

夏休み、冬休み、春休みになると他県に住む孫たちもやって来る。中学生の孫は小さい頃から、来ると荷物を当たり前のように私の部屋に置いてからみんなの前に出てきた。そ

れは今も同じだが、荷物が大きくなり、ますます部屋が狭くなってきた。

「荷物はこの部屋に置かないで。狭くなる」と言う私に対し、

「ここに来たら、この部屋が私の部屋だし」

寝る部屋はまだあるが、宿借りを忘れ、堂々と言い返す。私の狭い部屋が集会場かと思わせる賑やかさに変身する。

こんな子供らしい天真爛漫な孫たちを見ていると、私は子供の頃にこんな風に過ごしたかっただろうと思えてくる。

還暦を過ぎ、インナーチャイルドを癒すことができた今は、孫たちを微笑ましく見守れることが嬉しい。

そして孫たちは今、私ができなかった子供の頃の理想の姿を見せてくれている。

先生方からいただいていた素敵な言葉

6年前、手相の先生に、

「ようやく修行が明けましたね。これからはあなたの経験を出すだけ。あなたには素晴らしい経験がある。今からは、敢えて勉強をして知識を入れるのではなく、あるものを出すだけ。ちゃんとみんなに伝えていってね。あなたの言葉には力があって人を惹きつけるから、それも大事にしてね」

と素敵な言葉を言われていたが、人生を卑下していた私には、自分の心の中が何も見えていなかった。あんなに答えが欲しくて無我夢中で自分を探していた時、既に先生が答えを言ってくれていたことに今になって気付いた。

算命学のあかね先生は、

「あさちゃんは気付いていなくても、あさちゃんには人を惹きつける言葉がある。だから言葉を大切にして。私は禄存の星の人とはあまり相性が良くないけど、あさちゃんとは話していても何も違和感がないんだよね。なぜかな、やっぱりあさちゃんは普通じゃない」

初めて言われた時、寝られなくなったこの言葉は、その後も何回も聞くことになったが、あかね先生の占いの通りに焦らずペットボトルになり荒波に身を任せ乗り切った私は、60歳を過ぎて固定観念を外すことができた。自分らしく生きる今を引き寄せることができた私は、この変人星の人生がとても心地いい。

李先生は、

「あさちゃんは言葉一つ一つを大事にして使っている。言葉は話すことだけではないよ。書くことも言葉だからね」

と言ってくれた。

奇門遁甲の今泉先生は、

「どんなに時代が経っても、武将の書かれた書物が今も残っているように、魂の入った書は風化することはない。上手に書くことではなく、そこにちゃんと魂を入れることが大事なんだよ」

と言ってくれた。

これからの自分がどうするべきか、何となく見え始めた。
先生方の言葉がどんどん心に入ってきて、何だか楽しくて仕方がない。

私は自分の人生を受け入れるにあたり、多くの占いを手引きとして過去の人生と重ねて向き合ってきた。どれだけ占いを受けても、そこでどんなに素敵な言葉をいただいても、人生を卑下し続けている自分がそこに存在している間は、素敵な言葉を素直に受け取ることはできなかった。長い時間をかけて、ようやくありがたい言葉として今、私の心の中に先生方の言葉が落とされた。

先生方の温かい言葉での導きによって、私の人生は正しい方向に軌道修正することができたのである。

これからの学び『待つ』

話が大好きな私は、家族が呆れるほど誰とでもよく話す。そんな私を見て娘たちは、「私たちの話がいつしかお母さんの話になっていっちゃう。お母さんは人の話を聞くのが苦手だね」

と言って笑う。

「お母さんが話さなくなったら、お母さんに何かあった時だ」

と言って笑う。そうなんだよね、人の話を聞く前に話したくなってしまう。私の欠点だと分かるけど、待てずに口を出してしまう。

3歳の孫がよく喋ると言い、誰に似たのかと夫婦の会話になったと三女から聞いた。あまり余分なことを話さないおとなしい娘夫婦である。

「それはお母さんしかいないじゃん」

婿の一言に笑ったという。

次女の婿も、

「お母さんがよく話すから気まずくならなくて、気楽にその場にいられる」

と言ったといい、一緒に住む長女の婿ならともかく、こんなに婿たちの前で話していたのかと疑問だが、話が好きなことは否定できない。


そんな私の今の学びは「待つ」こと。単純だけどとても難しい。

もどかしい気持ちを今、音楽を聴いたり瞑想したりして整えている。これがクリアできたら、やるべきことが降りてくるような気がしている。

大切な友達へ感謝

私の人生は家庭運に乏しく、社会運に恵まれると幾つかの占いに出ていた。人生を振り返れば一目瞭然である。父に高校だけは行かせてほしいと言って入学したあの日から、つらい人生の中でも少しずつではあるが、人生が好転し始めていたのかもしれない。

高校時代は私の人生の中で一番楽しく過ごせた時で、とても大切な友達もできた。私をそばで支えてくれた彼女たちとは、今年で知り合って48年目を迎えた。そんな仲であるから何でもお見通しである。時々4人で会うが、どう見てもみんな個性が強く、一般的なという言葉が当てはまらない変わり者軍団に思えてくる。だが、話はちゃんと合うから面白い。『類は友を呼ぶ』という言葉で引き寄せられた者同士なのだろう。

彼女たちと会えば、いつも高校生時代に戻ってしまう。

「私たちの中であさちゃんは一番変わっている、そしてよく喋る」

とみんな口を揃えて言う。

「でもね、あさちゃんがよく喋るから私たちは喋らなくていいから楽でいいよ」

と言って笑う。

「あさちゃんは私たちの中でも、一番変わっている人なのに自覚してないのが面白いよね。高校の時、一緒にいたはずのあさちゃんが気が付いた時にはいなくなっていて、私だけ嫌いな先生に捕まってしまったことがあった。あれはないなと思ったけど、あさちゃんは危険を察知する能力が凄いよね、そしてよく見ている」

と言って笑う。

「私はみんな何で嫌いな先生が近づいて来るのに逃げないのだろうと思っていたよ。そんなこと結構あったけど、みんなには見えてなかったのか」

と言って笑い返した。やっぱり私は普通では見えていないところまで見えてしまい、生きにくい人生を味わい、みんなと違う変わり者だったのかなあと、今思い出すだけでおかしくなる。

「あさちゃんはよく何であの人私のこと知っているのかなって言うけど、学生時代からすごく目立つ存在だったよ。静かにしていたって目立っちゃう、おまけによく喋るから周りに完璧にインプットされちゃう、分かっていないあさちゃんに、笑える」

と言い、みんな私を見て大笑いをする。

「いろいろな所で声を掛けられて、名前を聞くのも失礼かなと思い適当に合わせていたら、その後に何回も会って。あれは苦しかった。それからは分からない時はちゃんと聞くことにしたよ」

私のことを自分が思っている以上に知っている友達には、何を隠してもばれる。心からの友達である。彼女は、

「私はね、友達は何人もいらないと思っている。知人とは違うからね」

と言う。その意味深い言葉に頷いてしまう。

私たちは外から見れば明るく見えるだろうが、みんな周りの人が体験していないような大変な人生を持っている。それを集まった時には共有しちゃうから結構話題も豊富だ。

そして、つらい経験をしている分だけ、人の気持ちに寄り添う優しさがある。

私は言いたいことが言えるこんな仲間に甘え、疲れて苦しい時にどれだけ頼ってきたことか。

私の人生、常に何かを背負っていた。

「心の中に溜めないで、苦しさを吐き出して。私ができることがあればするからね、何でも言って」

「話せば楽になるんじゃない、今から会おう」

どんな時でも、彼女たちは私を心配してくれ、ずっと支え続けてくれた。

家庭運が乏しかった私は、素敵な彼女たちの優しさに温かく見守ってもらう人生になった。

今の私はなだらかな丘の上に立ち、風を感じながら通って来た人生を一望している。見えてくるのは紆余曲折だった人生。

あなたたちがそばにいてくれたから、歩いてこられた道。
ありがとう。

次世代に願うこと

私は学びの多い人生を歩いてきた。これは決してマイナスではなく、これがあったからこそ今があると思える人生に塗り替えることができた。60歳を過ぎて、晩年期に入り、ようやく自分らしく生きることができるようになった。長い間、自分の人生を卑下し続けてしまったことに今は少しばかり後悔が残る。

十人十色という言葉があるように、人それぞれに個性がある。その個性は自分だけの魅力でもある。自分らしく生きることはとても大事だ。しかし、ただやりたいように自由にやればいいとは私は思わない。その個性をどう活かしてどう生きていくかが一番大切だと思う。

先日、何らかの理由で学校に行けない子が集まって学んでいる教室の学習発表会を見に行く機会があった。小学生から中学生までが在籍し勉強をしている教室だ。年齢層は幅広いが、みんなで決めたというひとつのテーマを掲げ、テーマ通りそれぞれの個性を活かし、自分らしく得意とする分野をまとめ上げて発表をしていた。おとな顔負けの作品が並び、子供たちの凄い実力に驚かされた。そこで見る彼らの顔は自信に満ちて、自分の作品を楽しそうに説明している。一生懸命発表している彼らの後ろ姿を優しく見守っている先生の姿が印象的だった。

ここにいる学生たちは、このテーマ通り自分の心地良い居場所を見つけて、仲間と一緒に人生を活き活きと歩いている姿が浮かんできた。そう思うと何だか嬉しくなって教室を出た。

私は孫たちに、

「言いたいことがあったら、ちゃんと言いなさい。それでないと人に伝わらないよ」

と何度も教えてきた。私は何も言えず我慢するだけの子供時代を過ごした。人に伝えられないことがどんなにつらいことかもよく分かる。今の孫たちはちゃんと自分の気持ちを伝えることができるようになった。その姿を見ると嬉しい。

「自然界には陰と陽があり、どちらも必要であり、二つのバランスが大事だ」と今泉先生はいつも教えてくれる。

良いことばかりあっても、それが全て幸せかと言うとそうではない。そこにつらいことが交わってくるから、幸せだと感じることができる。つらいことが加わることで、目の前に起きている幸せが当たり前ではなく、ちゃんと幸せに思える感謝が湧いてくる。

そして人は成長できる。

大変な人生を歩いてきた人には、それに見合ったバランスのいい幸せもやって来る。

人との絆が深まったり、強くなった自分に会えたりもする。それが自分の財産になる。

人生は捨てたものではないと実感中だ。

生きていれば理不尽だと思えることが多く起きる。逃げ出したくなり、卑下したくなる時もいっぱいある。それでも自分の人生と向き合って、頑張っている自分を肯定して自分らしく生きていれば、道は開けると若い人たちに伝えたい。

今の時代、占いの世界では「風の時代」になったと言われ、風に乗って自分らしく生きやすくなったという。その風に乗るように自分らしく生きることで、心を軽くして個性を活かして羽ばたいてほしいと願っている。

愛の存在

愛はいろいろな所に存在する。

特に人間や動物など生きているものにとって愛は心の癒しになる。

私は親の愛情を感じないで育った。外の世界に飛び出したくても飛び出すことができない幼少期は、家族からの愛がなければ多くの愛を受け取れない。そこに私の受け取れる愛はなかった。それがどんなにつらかったか。

しかし、中学時代から少しずつ外の世界に出ると、私には友達からの愛、師からの愛があり、歪んでいた心を救ってくれた。

周りから受けた愛によって、みんなに喜んでもらいたいと思う感情が現れた。あんなに無気力だった幼少期の頃の私が、周りにいる人の愛によって生きる力を受け取ることができたのだ。
愛は人を変える。たくさんの愛情をかけられた人は心が豊かになり、人を思いやれる心が生まれる。反して、愛情をかけられずに過ごしてきた人は、自分の人生を卑下して、時には人を恨んでしまうことがあるのではないか。

人は愛されたいという気持ちをいつも心の中に秘めている。人から褒められれば嬉しいし、幸せにも感じられる。つらかった人生を変える凄い力を愛は持っている。
愛は与える方も、与えられる方も幸せになれる。

愛によって人の人生は変わる。
私は貧しかったことがつらかったのではない。そこに愛がなかったからつらかったのだ。愛が存在すれば納得して日々を受け入れ、幸せに感じることができたはずだ。

生きていく上で、愛が人の心の土台を作っているように今は思えている。

人生のハッピーエンドに向かって

人生にはとても大切なご縁で結ばれている出会いがある。そのご縁をキャッチできるかどうかが、人生の分かれ道ではないかと思う。

私は李先生と出会い、李先生の言葉に耳を傾け、素直に逃げずに課題を受け取った。そして自分を受け入れて、どんなことも受け取れるように心の中を軽くしたから、大事な気付きを感じ取れる今がある。自分で気付けるようになったら鬼に金棒だ。新しい自分に会うためには、先ず今までの固定観念を外すことが必要になる。年を重ねれば重ねるほど、固定観念を外すことはしんどい。生きてきた人生を否定されることを受け入れなければならないからだ。

しかし、苦しさを乗り越えた先で、今とは違う進化した自分に会える。

幸せ貯金

李先生は、

「私はその時、その時の感じたままを話しているの」

とよく言う。ある日、

「あさちゃん、私たちは心の中の幸せ貯金を今まで使わず、ずっと貯めてきた。大きな利息付きで引き出す時が来たの。頑張って生きてきたご褒美だね」

と言ってくれた。とても温かな言葉が心の中に音を立てて入ってきた。何だか、ただただ嬉しかった。

「そうなんだよねぇ」

ご褒美なのだと思うと、頑張って生きてきた私たち世代は、早く心の中の幸せ貯金を引き出さないと、使い切るだけの時間がなくなってしまう。気付きによって自分に正直に思いのまま生きようと決めた今、私は心の中の幸せ貯金をどんどん引き出している。たぶん使い切ることができそうだ。

そして、これからは私も李先生のように、心の中の幸せ貯金のお裾分けができればいいなぁと思っている。

子供たちが育ち、自分のための時間が持てるようになった60歳代。頑張ってきた自分の人生をこれで終えるのは忍びないと思っている人も多いように思う。そう思えたなら、残りの人生を自分らしく生きてみませんか？　そんな風に伝えてみたい。

今日、私はエッセイと向き合っていて朝から脳をフル回転させていた。昼食の時、薬味の唐辛子が空になり、私は新しい唐辛子を袋から出して入れ物に入れているつもりだった。しかし、どうしたことか、入れ物の中ではなく、私のつけ汁の中に唐辛子が全て入っていた。家族は心配しながらも呆れ顔。こんな事件を起こしてしまった私はかわいい63歳。これからも、時々あり得ないネタをみんなに提供し、笑いながら楽しく人生を面白がって生きていきたいと思う。

樹木希林さんの著書『この世を生き切る醍醐味』に記されていた言葉のように、

「今日までの人生、上出来でございました。これにておいとまいたします」

と軽やかに人生を終えられるように過ごしていきたい。

人生を受け入れた日から変化が起きた

自分が歩んできた人生をいつか本に纏めて孫たちに渡したいと思っていた。決して平坦な人生ではなく、誇れるものがあるわけでもなかった。それでも自分を信じて自分を大切にして生きていれば、必ず未来は開けると孫たちに伝えたいという思いが天に届いたのだろうか。急展開で願いが叶い、本にする機会に恵まれた。

その後、自費出版で冊子になった人生本を孫たちに贈り、達成感を感じながら安堵の日々を送っている時だった、変化が起きた。

突然、天からのギフトが降りてきた

今日もウォーキングに出掛け、太陽に向かって両手を広げた。草むらに目を向けると、四つ葉のクローバーが目に入ってきた。1本、2本、3本……7本を摘んで家に戻った。その日一日中、心が温かく幸せを感じて過ごすことができた。

しかしそれで終わりではなかった。その日以降も毎日四つ葉のクローバーを見つけた。ある日、四つ葉のクローバーを見つけていた農道の草が刈られて気落ちしている私に、1本の四つ葉のクローバーが、

「ここだよ」

と私を呼んでいるかのように真っすぐ風に揺られながら伸びていた。その後はウォーキングコースを変更したが、再び四つ葉のクローバーを以前のように何本も見つけた。

子供の頃から今まで四つ葉のクローバーをこんなに見つけたことはなく、今私の周りで

起きている現象が不思議でならなかった。

朝のウォーキングに楽しみが加わり、行きかう人に声を掛け、摘んだばかりの四つ葉のクローバーを差し上げるのが日課となり、大切な一期一会のご縁を繋ぐ時間となった。ある日、手押し車のおばあちゃんに差し上げた時は、

「これで寿命が2年延びた」

と言って大切に四つ葉のクローバーを紙に包んで、ポシェットの中に入れていた。おばあちゃんの喜んでくれた姿が何度も浮かび、温かい気持ちで過ごせた一日になった。

200本は摘んだであろう天からのギフトの四つ葉のクローバーは、四つ葉だけにとどまらず、五つ葉、六つ葉、七つ葉まで見つけることができ、私を幸せに導いてくれた。

今はラミネートにした栞を作り、みんなに差し上げている。みんなの喜んでくれる笑顔が、再び私に幸せを運んでくれている。

不思議な体験

不思議な現象は四つ葉のクローバーだけでは終わらなかった。

ウォーキング中に太い白蛇を見た。蜷局《とぐろ》を巻き、道の真ん中にじっとしている白蛇をよけるようにして歩いた。その日からなぜかあれだけ見つけていた四つ葉のクローバーは1本も見つからなくなった。

昔から白蛇は神の使いとの言い伝えがあるが……。

白蛇を見た3日後のことである。今日も太陽に向かって両手を広げ、

「今日もよろしくお願いします」

と声を掛けた。

しばらくすると太陽からオレンジ色の輪が、ぐるぐるとバネのようにキラキラした光を

伴い、私に向かって近づいてくるように見えた。まるで祭りの時に見たオレンジ色に輝いている龍の体が踊っているかのように……。

見たことのない光景に私は動くこともできず、その場に立ち尽くした。しばらくして周りを見渡すと、モノクロの世界の中に私はいた。僅かな時間、何が起こったのか分からないまま下を向いて5、6歩き、顔を上げると周りはいつもの風景に戻っていた。娘にその不思議な話をすると、

「そんな馬鹿な、一瞬貧血が起きたんじゃないの」

と笑い飛ばされた。

あの時、軽い貧血を起こしたのだろうか？

それとも幻でも見ていたのだろうか？

現実とは思えないようなこの話を、友達や李先生は、宇宙からエネルギーを与えてもらったのではないか、あさちゃんだけが受け取った心を通して見えたものと言ってくれた。

「『奇跡のリンゴ』の著者であるリンゴ農家の木村秋則さんが、失敗を重ねながら11年かけて世界で初めて無農薬リンゴの栽培に成功した。大きな借金を抱えて自死を考えたこと

もある大変な人生だったようだけど、木村さんの人生の節目には必ず龍や宇宙人が現れ、不思議な体験によって成功をもたらしたと本に書いてあった。必要な人には龍が見えて、その時に太陽からの素晴らしいエネルギーを受け取れるんじゃないかな。あさちゃんも木村さんのように太陽からのエネルギーをもらったんだと思うよ」

李先生に言われると、いつもなるほどと思えてくるのが不思議だが、今日もその言葉で幸せな気持ちになった。

木村秋則さんは農薬散布の時期になると体調を崩す奥さんのために、周りに無謀だと言われながら挑戦し続け、強い精神力で多くの試練を乗り越え、その都度導かれた不思議な体験に支えられ、無農薬リンゴを実現させるという偉業を成し遂げた。

自由気ままに今を楽しんでいる私が、何か使命があると感じることは全くないが、誰が聞いても現実に起こりえないと思うことを体験できたことは幸せに他ならない。そして、不思議な体験を信じて聞いてくれる人が周りにいること、同じ体験をした人がいることが分かり、私は幸せに幸せを重ねていると感じている。

木村秋則さんの奇跡のリンゴは6年待ちでないと手に入らないとネットで見た。一度食べてみたかったが諦めた。

1年後、ご縁がご縁を結んでくれて、私にその奇跡のリンゴが届いたのである。

精一杯、今を生きる

数年前は、こんな天からのギフトを受け取ることができるとは夢にも思っていなかった。60年以上生きて、重くのしかかっていた固定観念を外し、自由に自分らしく生きている今の私へご褒美のような気がしてならない。自分に与えられた可能性は自分で思っているより遥かに大きい。

人生と向き合い自分を肯定し、自分に自信を持って自分らしく生きていれば、強い自分に出会える。

人生は何が起きるか先のことは分からない。その時にどう生きるかである。どんな時でも、視点を変えて今を楽しく生きることができれば、幸せな人生に導いてもらえる。

だから私は面白がって、『今を精一杯生きる』ことにした。

著者プロフィール
入江 あさ陽（いりえ あさひ）
1957年9月1日生まれ。
娘3人、孫7人をもつウォーキングを日課とする主婦。

カバーイラスト 土方希紗

面白がって生きるあさちゃんは63歳

2023年7月15日 初版第1刷発行

著 者 入江 あさ陽
発行者 瓜谷 綱延
発行所 株式会社文芸社
〒160-0022 東京都新宿区新宿1－10－1
電話 03-5369-3060（代表）
03-5369-2299（販売）

印刷所 株式会社フクイン

ISBN978-4-286-24254-5